Livro 1

CIP-BRASIL. CATALOGAÇÃO NA PUBLICAÇÃO
SINDICATO NACIONAL DOS EDITORES DE LIVROS, RJ

B17p
    Banks, Rosie
    O palácio encantado / Rosie Banks ; ilustração Orchard Books ;
tradução Monique D'Orazio. - 1. ed. - Barueri, SP : Ciranda Cultural, 2016.
    128 p. : il. ; 20 cm. (O reino secreto)

    Tradução de: Enchanted palace
    ISBN 9788538054993

    1. Ficção infantojuvenil inglesa. I. Books, Orchard. II. D'Orazio,
Monique. III. Título. IV. Série.

16-31293

CDD: 028.5
CDU: 087.5

© 2012 Orchard Books
Publicado pela primeira vez em 2012 pela Orchard Books.
Texto © 2012 Hothouse Fiction Limited
Ilustrações © 2012 Orchard Books

© 2016 desta edição:
Ciranda Cultural Editora e Distribuidora Ltda.
Tradução: Monique D'Orazio
Preparação: Sandra Schamas

1ª Edição
www.cirandacultural.com.br
Todos os direitos reservados. Nenhuma parte desta publicação pode ser
reproduzida, arquivada em sistema de busca ou transmitida por qualquer meio,
seja ele eletrônico, fotocópia, gravação ou outros, sem prévia autorização
do detentor dos direitos, e não pode circular encadernada ou encapada
de maneira distinta àquela em que foi publicada, ou sem que as mesmas
condições sejam impostas aos compradores subsequentes.

O Palácio Encantado

ROSIE BANKS

Ciranda Cultural

Sumário

Uma descoberta misteriosa	9
Visitantes inesperados	27
O lugar que você mais ama	41
O Reino Secreto	49
Jogos de festa	63
A surpresa horrorosa de Malícia	81
Abaixando-se e desviando	97

Uma descoberta misteriosa

— Acho que agora eu acabei, Sra. Benson. Para onde a senhora quer que eu leve esta caixa? — perguntou Summer Hammond, enquanto empacotava os dois últimos livros da sua banquinha.

— Eu também já terminei aqui — falou Jasmine Smith, colocando as últimas coisas numa caixa.

A Sra. Benson sorriu.

— Minha nossa! Que trabalho rápido, meninas! Parabéns.

Ellie Macdonald mostrou a cabeça por trás de uma mesa e colocou um cacho ruivo do seu cabelo atrás da orelha.

— Ei, ninguém me disse que era uma corrida! — o riso dançava em seus olhos verdes quando ela se levantou.

Jasmine piscou para Summer.

— Parece que nós somos as campeãs!

— Vocês são todas campeãs — disse a Sra. Benson, sorrindo para as três meninas. — Este foi o bazar de maior sucesso que já fizemos na escola até hoje, e foi tudo graças a vocês!

Embora fossem muito diferentes, Ellie, Summer e Jasmine eram próximas como

Uma descoberta misteriosa

se fossem irmãs. As três viviam no mesmo vilarejo e eram melhores amigas desde a escola primária. Summer era tímida e puxava suas tranças loiras toda vez que ficava envergonhada. Quase sempre ela estava com a cabeça enterrada num livro, lendo sobre o mundo natural ou escrevendo poemas e histórias sobre seus amigos animais.

Jasmine era extrovertida e estava sempre com pressa. Seus cabelos longos e escuros iam balançando em volta dela quando ela corria de uma coisa para outra. Jasmine adorava cantar, dançar e ser o centro das atenções. Ellie era uma brincalhona, sempre a primeira a rir da própria falta de jeito. Também era muito artística e adorava desenhar. Juntas, as três amigas formavam um time e tanto!

– Não foi nada de mais – disse Summer, ficando vermelha com o elogio que recebeu da professora. – A maioria dos livros que eu vendi eram meus antigos livros que estavam guardados no sótão.

– Bom, as pessoas gostaram muito – disse a Sra. Benson. – E Jasmine, você tocou o violão maravilhosamente. Depois que as pessoas ouviram você tocar, nós vendemos tudo na hora.

Jasmine sorriu.

– Tudo bem… A senhora sabe que eu adoro música!

– E a banquinha de moda também foi um sucesso, ainda mais com aqueles modelos magníficos de Ellie Macdonald! – a Sra. Benson pegou uma camiseta com uma estampa chamativa verde e roxa, olhou para Ellie e disse:

– Muito obrigada por fazer uma para mim.

– A senhora gostou da estampa que eu criei, Sra. Benson? – Ellie perguntou. – Verde e roxo são minhas cores favoritas.

– Não diga! – os olhos cor de avelã de Jasmine reluziram de alegria quando ela olhou

Uma descoberta misteriosa

para o vestido florido roxo e verde da amiga, para a calça *legging* verde e para as sapatilhas roxas!

Ellie deu uma risadinha e se virou para pegar a bolsa. Só que bem na hora, ela tropeçou em alguma coisa e caiu no chão com uma pancada.

– Ai!

– Você está bem? – perguntou a Sra. Benson.

– Estou ótima, são só meus dois pés esquerdos, como sempre! – respondeu Ellie ao se levantar. – Mas o que é isso?

O Palácio Encantado

Ela pegou o objeto no qual tinha tropeçado: uma velha caixa de madeira. Era quase do tamanho de seu braço e feita de madeira maciça. A tampa era curva. A caixa toda tinha uma camada grossa de poeira, mas, debaixo da sujeira, Ellie percebeu que a caixinha era linda. As laterais eram entalhadas com desenhos muito detalhados que ela mal conseguia entender, e em cima da tampa havia um espelho rodeado por seis pedras que pareciam de vidro. Ellie limpou a tampa com a manga da blusa e enxergou seu reflexo. Segurando a caixa, ela viu como a luz cintilava nas pedras. Parecia quase… mágico.

– Que estranho – ela murmurou. – Eu tenho certeza de que isso não estava aqui um minuto atrás.

Uma descoberta misteriosa

Jasmine pegou a caixa e tentou abri-la.

— A tampa está presa — ela disse. — Nem se mexe.

A Sra. Benson olhou no relógio.

— Bem, seja lá de onde isso veio, agora é tarde demais para vender. Por que vocês não levam para casa? Nunca se sabe, talvez vocês encontrem um jeito de abrir.

— Oh, sim, por favor! — Summer disse quase sem fôlego. — Ela é muito linda. A gente pode usar para guardar bijuterias. Vamos levar para a minha casa e tentar abrir lá. Eu sou a que mora mais perto daqui!

As meninas deram tchau para a Sra. Benson e saíram correndo do parquinho da escola. As três moravam em um pequeno vilarejo chamado Valemel, cercado por colinas e lindas paisagens campestres. A casa de Summer ficava a alguns minutos de distância da escola, logo depois do correio e da loja de doces da Sra. Mill, que acenou quando as meninas passaram correndo. Ela estava acostumada a ver Summer, Ellie e Jasmine juntas.

Quando chegaram, Summer abriu a porta da frente ansiosamente. Elas subiram as escadas fazendo grande barulho e disseram um "olá" a distância para a Sra. Hammond, antes de entrarem às pressas no quarto de Summer.

As paredes eram cobertas com pôsteres sobre a vida selvagem. As prateleiras estavam cheias de livros enfileirados, bem arrumadinhos. Summer sentou-se no tapete branco e peludo. Jasmine e Ellie se juntaram a ela e colocaram a caixa de madeira entalhada na frente das três. A gata de Summer, Rosa, veio e farejou com interesse.

– O que a gente faz agora? – Ellie perguntou.

Jasmine pegou uma caixa de lenços de papel do criado-mudo de Summer.

– A gente limpa.

As três amigas trabalharam juntas tirando a poeira e a sujeira que cobria a caixa.

Uma descoberta misteriosa

— Nossa! É simplesmente maravilhosa! — exclamou Summer.

Ela passou o dedo sobre a lateral da caixa. Agora que estava limpa, dava para ver que os lados eram cobertos por entalhes delicados de fadas, unicórnios e outras criaturas mágicas. As pedras de vidro, incrustadas na tampa, eram de um verde profundo e brilhavam como se fossem esmeraldas.

O Palácio Encantado

– O que vocês acham que tem aí dentro? – Ellie sussurrou.

Jasmine encolheu os ombros.

– Vamos tentar abrir de novo.

Ellie pegou uma régua da escrivaninha de Summer e passou para Jasmine. As três tentaram forçar a tampa com muito cuidado, mas nada aconteceu.

Summer suspirou.

– Tem que ter um jeito de abrir.

Ela esfregou o vidro espelhado com o lenço de papel para limpar os últimos vestígios de poeira, depois ficou boquiaberta.

– O espelho. Está... brilhando!

– Está sim – Ellie disse com um gritinho, observando a caixa com os olhos arregalados. – E veja só: apareceram palavras nele!

Jasmine franziu a testa. Com a voz trêmula, ela leu o que tinha aparecido:

Uma descoberta misteriosa

– Dez dígitos fazem duas,
mas só duas não vão dar.
Três conjuntos de duas,
em cada pedra vão funcionar.

As três amigas olharam uma para a outra com espanto.

– É... é um truque? – Summer gaguejou.

– Ou talvez mágica? – Ellie sussurrou.

– Não sei – falou Jasmine, pensativa.
– Mas as palavras parecem um enigma. Minha

avó sempre me dá enigmas indianos para resolver. Ela diz que faz bem para o cérebro.

— Você acha que consegue resolver esse aqui? — Ellie perguntou.

Jasmine olhou para as palavras e disse:

— A vovó diz que os enigmas nem sempre significam o que parece. A gente tem que tentar um outro olhar. "Dez dígitos fazem duas"… Bom, a palavra "dígitos" normalmente quer dizer números, mas também pode ser dedos, não pode?

Summer e Ellie fizeram que sim balançando a cabeça.

Jasmine endireitou um pouco melhor as costas.

— Então se dez dígitos são os nossos dedos, isso faria duas…

— Mãos! — Ellie completou. — Dez dígitos fazem duas mãos! "Mas só duas não vão dar", então duas mãos não são suficientes!

Uma descoberta misteriosa

– "Três conjuntos de duas, em cada pedra vão funcionar" – disse Summer. – Então três conjuntos de duas são três pares de mãos.

Os olhos de Ellie reluziram.

– É isso! O enigma está dizendo que nós três temos que colocar as mãos nas pedras verdes!

– O que vocês estão esperando? – Jasmine perguntou. – Vamos lá!

Ela colocou as mãos em duas das pedras brilhantes. Ellie e Summer hesitaram por um instante, mas depois também puseram a palma das mãos em cima das joias verdes.

As mãos das três amigas cobriram a caixa inteira.

Podia ser que fossem apenas as mãos de Jasmine e Ellie perto das suas, mas Summer achava que a caixa estava esquentando cada vez mais.

– Vocês estão sentindo isso? – perguntou ela baixinho. Ellie e Jasmine concordaram balançando a cabeça, impressionadas e de olhos arregalados.

De repente, o espelho ficou muito claro e uma luz apareceu entre os dedos das meninas. Elas prenderam a respiração e tiraram as mãos… a caixa se abriu de repente! Um facho de luz cintilante saiu ali de dentro e foi batendo nas paredes do quarto de Summer. As meninas ficaram olhando maravilhadas quando o facho de luz bateu no guarda-roupa e desapareceu.

– Nossa! Vocês viram aquilo? – gritou Ellie, olhando fixo para a caixa, que estava fechada de novo, como se nada tivesse

Uma descoberta misteriosa

acontecido. As outras balançaram a cabeça para dizer que tinham visto.

– Será que...

De repente, ela foi interrompida pelo barulho dos cabides caindo no guarda-roupa de Summer.

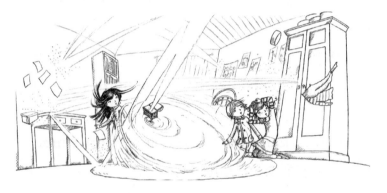

– Está escuro, tão escuro – lamentou uma voz grossa.

– Por favor, tenha calma, Vossa Majestade – respondeu uma voz fina de menina. – Vou encontrar um jeito de a gente sair.

– Ai! – gritou a primeira voz. – Cuidado onde você põe os cotovelos, Trixibelle!

Summer, Ellie e Jasmine ficaram olhando uma para a outra, boquiabertas.

– Seu guarda-roupa costuma fazer isso? – Ellie perguntou para Summer.

– Humm… não. T-t-talvez fosse melhor a gente se esconder! – Summer tinha ficado pálida.

Bem nessa hora, a porta do guarda-roupa sacudiu e as três meninas se levantaram num salto.

– Ah, aqui está. Acho que encontrei uma saída – disse a vozinha fina.

Jasmine estreitou os olhos. Ela pegou a régua de Summer e a segurou na frente do corpo como se fosse uma espada.

– Quem está aí? – gritou Jasmine.

Como se fosse uma resposta, a porta do guarda-roupa se abriu com tudo e alguma coisa pequena e colorida saiu dali zunindo

Uma descoberta misteriosa

no ar. Faíscas voaram por toda parte e rodopiaram pelo quarto. Então, silenciosa e delicada, uma garotinha minúscula parou acima do criado-mudo de Summer. Uma menina voando numa folha!

Visitantes inesperados

A pessoinha não era maior do que o estojo de lápis de Summer, mas era a criatura mais linda que as meninas já tinham visto na vida. Seus cabelos loiros despontados apareciam debaixo de um chapéu de flor, que combinava com o vestido colorido, as pulseiras lindas e o anel reluzente. Ela também tinha olhos azuis grandes e brilhantes, orelhas pontudas bonitinhas e um sorriso deslumbrante.

– Ela não pode ser de verdade – Jasmine disse baixinho, olhando com admiração.

– Vocês acham que ela é u-u-uma...
– Summer mal conseguiu terminar a frase.

– Uma fada? – a linda criatura sorriu.
– Sim! Claro que eu sou de verdade – ela disse, dando uma cambalhota no ar em cima da folha. – Eu me chamo Trixibelle, mas podem me chamar de Trixi. Eu sou uma fada real. E quem são vocês?

Ellie e Summer estavam surpresas demais para falar. Havia uma fadinha de verdade na frente delas! Por fim, Jasmine, que sempre era a mais corajosa, deu um passo à frente e se apresentou.

– Sou Jasmine. E estas são Ellie e Summer. – ela apontou para as amigas.

– Summer, Jasmine e Ellie – Trixi repetiu.

De repente, o anel grande e brilhante no dedo de Trixi se acendeu com mágica. Ela deu uma batidinha no anel com os dedos e ali apareceu uma explosão de fagulhas que subiu

Visitantes inesperados

e formou o nome das meninas com letras cintilantes no ar.

– Que nomes adoráveis! – ela exclamou.

Encantadas, as três amigas prenderam a respiração quando os brilhos desceram flutuando e pousaram na pele delas, como se fossem flocos de neve.

– Trixi! Aonde você foi? – chamou uma voz dentro do guarda-roupa.

Uma pilha de roupas caiu dali de dentro. Um homenzinho com bochechas rosadas, da mesma altura de Jasmine apareceu no meio das roupas. Ele estava vestido com um manto de veludo roxo que tinha penas brancas nas bordas, e usava pequenos óculos de meia-lua empoleirados na ponta do nariz. Tinha uma barba pontuda, e sua coroa reluzente estava num ângulo elegante em cima dos cabelos brancos, grossos e encaracolados.

Trixi fez uma pequena reverência.

– Permitam-me apresentar o rei Felício, governante do Reino Secreto – disse ela, aproximando-se do rei em cima da folha e tirando uma meia amarela de uma das pontas da coroa.

As meninas olharam uma para a outra, e depois também fizeram uma reverência.

– É um prazer conhecê-lo – disse Jasmine, em seu jeito mais educado. – Mas o que Vossa Majestade está fazendo no quarto da Summer?

– E o que é esse Reino Secreto? – Ellie perguntou, finalmente encontrando sua voz.

O rei ajustou os óculos e olhou para elas. Só que em vez de responder à pergunta das meninas, ele disse:

Visitantes inesperados

– Minha nossa! Vocês são humanas? Trixi, o que está acontecendo?

– Acho que estamos no Outro Reino, Vossa Majestade – Trixi respondeu, com o rosto reluzindo de entusiasmo.

– Céus! – disse o rei Felício. – Ninguém da nossa terra visita o Outro Reino há muito tempo.

Ele ficou olhando para as meninas.

– Pois bem, o Reino Secreto e o seu mundo, que nós chamamos de "Outro Reino", existem lado a lado, mas nossos caminhos raramente se cruzam. Não sei como viemos parar aqui.

Trixi deu uma olhada em volta do quarto e avistou a caixa entalhada sobre o tapete.

– Olhe! Ali está nossa Caixa Mágica, Vossa Majestade. O poder dela deve ter nos trazido para cá.

– Esta caixa é de vocês? – Summer perguntou, parecendo confusa.

O Palácio Encantado

– Sim, ela é – disse o rei com um sorriso satisfeito.

– E que tipo de Caixa Mágica é? – disse Jasmine, olhando para ela.

– É uma das minhas invenções! – o rei Felício respondeu, com orgulho. – Se bem que ainda não estou totalmente certo do que ela faz – ele suspirou. – Eu a inventei porque preciso de alguma coisa que mostre um jeito de salvar meu reino da maldade da rainha Malícia. Só que, de repente, quando me dei conta, a caixa tinha desaparecido e estávamos dentro do seu guarda-roupa!

– Espere aí – disse Ellie. – Quem é a rainha Malícia?

– Ela é minha irmã – o rei Felício tirou a coroa e esfregou a testa ansiosamente. – Pois bem, meu lar é um lugar de grande beleza. Um lugar onde os unicórnios pastam em campos de esmeralda e as sereias vivem em

Visitantes inesperados

mares de turquesa. Mas minha irmã, Malícia, não suporta ver tanta beleza. Ela quer deixar tudo tão sem graça e tenebroso como ela é, e tirar toda a felicidade da nossa terra – ele parou de falar, pois seus olhos estavam se enchendo de lágrimas.

Trixi rapidamente bateu no anel e dali apareceu um lenço branco. Antes de continuar, o rei Felício assoou o nariz fazendo um barulhão.

O Palácio Encantado

– Desde que o povo do Reino Secreto me escolheu como governante em vez dela, Malícia tenta se vingar de nós usando sua mágica para deixar todo mundo infeliz.

Trixi cruzou os braços com irritação.

– E agora, no milésimo aniversário do rei Felício, a rainha Malícia fez a pior de todas as coisas! Ela usou sua mágica má para criar seis relâmpagos e disparou todos eles no reino. Cada um carrega um feitiço poderoso feito para causar um problema terrível. Mas não sabemos onde eles caíram, ou que problemas eles vão causar.

Visitantes inesperados

O rei pegou a Caixa Mágica e a examinou com atenção.

— Eu esperava que esta caixa pudesse me ajudar, mas, em vez disso, vim parar no Outro Reino! É desconcertante.

Ele segurou a caixa na direção das meninas.

Vocês podem ficar com ela. A caixa não vai poder me ajudar, a mágica ficou toda esquisita.

Summer, Jasmine e Ellie se inclinaram para olhar a caixa. Quase na mesma hora, uma ondulação luminosa se espalhou por toda a tampa, e outro enigma apareceu no espelho! Ellie leu em voz alta:

— Perto do seu nariz,
perto dos pés de vocês!
Olhem e vai ser por um triz,
a resposta é clara: um, dois, três!

O rei Felício bateu o pé.

– Viram?! A caixa está toda esquisita! Não faz sentido nenhum!

– É um enigma, Vossa Majestade – Jasmine explicou. – Já resolvemos um. Acho que temos que tentar resolver este aqui. Pode ser uma pista.

O rei Felício franziu as sobrancelhas.

– Certo. Bom, como fui eu que inventei a caixa, acho que eu deveria fazer uma tentativa.

Jasmine concordou balançando a cabeça.

– Hum… Perto do seu nariz, perto dos pés de vocês… – o rei murmurou.

As meninas ficaram observando, na dúvida, enquanto ele ficava vesgo e olhava para a ponta do nariz, depois se inclinava para a frente e espiava os pés.

– Oops! – Os braços do rei começaram a girar como cata-ventos enquanto ele tentava manter o equilíbrio, mas acabou caindo no

Visitantes inesperados

tapete com uma pancada. – Eu disse que não fazia sentido nenhum – o rei Felício falou, de mau humor, cruzando os braços.

Jasmine, Summer e Ellie olharam para a caixa misteriosa novamente.

– "Olhem e vai ser por um triz, a resposta é clara: um, dois, três"... – Ellie disse. – É isso!

– Isso o quê? – perguntou o rei Felício, parecendo confuso.

– Acho que a Caixa Mágica está dizendo que nós três podemos ajudar vocês! – gritou Ellie, apontando para seu reflexo e o de suas amigas.

– Claro! – Trixi bateu palmas, muito contente. – As invenções do rei nunca funcionam tão bem assim! – ela sussurrou no ouvido de Ellie.

– O que foi isso, Trixi? – perguntou o rei Felício, erguendo as sobrancelhas.

Trixi tentou parecer inocente.

— Nada. Eu só estava dizendo que as suas invenções sempre funcionam no final.

O rei considerou as palavras de Trixi e depois sorriu.

— Sim, sim, realmente elas funcionam!

Então ele olhou para as meninas por cima dos óculos.

— O Reino Secreto está em apuros. Nada vai fazer a rainha Malícia parar de espalhar a infelicidade. Prefiro pensar que vocês três

Visitantes inesperados

podem ser a nossa única esperança! Podem nos ajudar?

Ellie olhou ansiosamente para as duas amigas.

– A gente vai fazer tudo o que puder!

O lugar que você mais ama

— Tente impedir a gente! — exclamou Jasmine.

Até mesmo Summer estava empolgada, apesar de ainda estar um pouquinho na dúvida.

— Podemos ir agora? — ela perguntou. — Mal posso esperar para conhecer todas as criaturas mágicas e...

Ela parou de falar quando o espelho da Caixa Mágica começou a piscar de novo, e outro enigma apareceu. Summer leu em voz alta:

O Palácio Encantado

*— O relâmpago prepara sua trama
no lugar que o rei mais ama.
Mágica para a diversão acabar:
encontrem antes de o dia terminar...*

Trixi franziu as sobrancelhas.

— Bem, o rei Felício ama o Reino Secreto mais do que qualquer outro lugar, mas lá é muito grande. Nunca vamos encontrar o relâmpago.

— Acho que o enigma está falando de algum lugar especial — Jasmine disse devagar. — Onde é seu lugar preferido no Reino Secreto, rei Felício?

— Ah, isso é fácil — o rei respondeu. — São as Cachoeiras Nômades — ele coçou a cabeça. — Hum, espere... Eu adoro as Colinas de Topázio. E os Prados Místicos são maravilhosos durante a luta de cogumelo das fadas — o rei sacudiu a cabeça. — Minha nossa,

O lugar que você mais ama

não consigo decidir. Existem muitos lugares que eu amo no Reino Secreto. Eu queria estar de volta no meu palácio, no meu trono especial e aconchegante. Sempre penso melhor quando estou lá.

– Talvez Vossa Majestade seja mais feliz quando está lá. Talvez seu palácio seja o lugar que o senhor mais ama – disse Ellie, com os olhos brilhando.

– Ora, acho que você está certa! – o rei exclamou alegremente.

Trixi mordeu o lábio com ansiedade.

O Palácio Encantado

– Mas a festa de aniversário do rei Felício vai acontecer no palácio hoje! Se o primeiro relâmpago estiver escondido lá, o feitiço da rainha Malícia vai arruinar tudo! Temos que partir para o Reino Secreto imediatamente!

Jasmine sentiu uma onda de empolgação por todo o corpo.

– Como vamos chegar lá? Vamos usar mágica?

– Espere aí, a gente não pode simplesmente ir embora – disse Summer de repente, pensando em sua mãe e em seus irmãos que estavam lá embaixo. – O que a gente vai dizer para os nossos pais?

– Não se preocupe – disse Trixi. – Minha magia, combinada ao poder da Caixa Mágica, vai transportar vocês facilmente para o Reino Secreto. E enquanto estiverem lá, o tempo vai ficar parado no seu mundo. Ninguém vai notar que vocês se foram.

Os olhos de Ellie cintilaram.

– Então o que estamos esperando?

Ela entregou a Caixa Mágica para Trixi, que deu batidinhas na tampa com o anel e cantarolou:

– *A rainha má planejou uma guerra. Ajudantes corajosas, voem para salvar nossa terra!*

As palavras de Trixi apareceram na tampa espelhada e depois subiram muito alto até chegarem no teto. Depois, as letras se separaram e desceram como uma nuvem de borboletas cheias de brilho. Elas começaram a rodopiar ao redor da cabeça das meninas até formarem um redemoinho.

– Coloquem a Caixa Mágica no chão e deem as mãos – Trixi pediu.

O redemoinho agora preenchia todo o quarto. Encantada, Jasmine deu um gritinho

O Palácio Encantado

quando sentiu seus pés saírem do chão. Ela olhou em volta e viu que Summer e Ellie também tinham sido pegas pela tempestade mágica. Então ela apertou as mãos das amigas para encorajá-las. As meninas sorriram também. O rei tinha coberto os olhos, e Trixi flutuava no ar sobre o ombro dele.

O lugar que você mais ama

— Reino Secreto, aí vamos nós! — gritou Jasmine.

Então, com um lampejo de luz, eles desapareceram!

Delicadamente, Jasmine pousou em alguma coisa macia, branca e cheia de penas.

O Reino Secreto

– Uau! – ela disse com um gritinho. Cada uma das três meninas estava sentada nas costas de um cisne gigante, voando alto no céu azul-celeste.

O rei Felício estava montado em outro cisne, que era maior do que os das meninas, e cujas pontas das asas cintilavam com penas douradas.

O Palácio Encantado

– Está gostando da viagem? – Trixi perguntou à Summer, e passou ao lado das meninas, voando sobre sua folha.

Summer balançou a cabeça e confirmou com entusiasmo.

– De onde vieram esses cisnes? – ela perguntou, olhando para aquela brancura de neve.

– São os cisnes reais do rei Felício – respondeu Trixi. – Eles estão nos levando para o palácio.

– São lindos – murmurou Summer, estendendo a mão para acariciar o dorso aveludado de um cisne.

– Isso é INCRÍVEL! – gritou Jasmine, quando seu cisne tomou a dianteira e voou alto pelo meio das nuvens. – É muito melhor do que a montanha-russa no parque de diversões em Valemel!

– Não tenho tanta certeza – Ellie gemeu. Seu rosto estava pálido e suas mãos se agarravam com força ao cisne. – Pelo menos a montanha-russa para depois de três minutos.

– Você está indo muito bem, Ellie
– Summer disse para encorajá-la, sabendo que sua amiga tinha medo de altura. – Mas olhe se você puder... é tão lindo!

Ellie espiou por cima da asa enorme de seu cisne e ficou sem fôlego.

Abaixo delas estava uma linda ilha, no formato de uma lua crescente sobre um oceano turquesa. A costa da ilha reluzia com areia dourada e, a distância, as meninas podiam ver as montanhas verde-esmeralda e as colinas cheias de bolinhas de luz em hastes douradas.

O Reino Secreto

– Esses são os verdadeiros girassóis – Ellie disse para si mesma, rindo. Por um instante, ela até se esqueceu de como estavam voando alto!

À medida que desciam pelas nuvens brancas e fofas, Jasmine sentiu o estômago dar um salto quando viu sereias, sereias de verdade, sentadas em pedras que brilhavam ao sol, penteando os cabelos prateados. Ela até ouvia suas vozes cantando uma canção assombrosamente linda.

– Bem-vindas ao Reino Secreto – Trixi disse com um sorriso.

Enquanto as meninas, o rei e Trixi pairavam no ar por cima da ilha, uma revoada de libélulas subiu para encontrá-los. Uma mistura de cores cercou as amigas, e Summer deu risadinhas de felicidade quando uma pousou delicadamente em seu cabelo.

O Palácio Encantado

– É a fivela de cabelo mais linda que eu já vi! – Ellie riu admirando as asas lindas e coloridas da libélula.

Com orgulho, o rei Felício apontava para lugares do reino à medida que eles iam passando: a escola de voo para fadas na Represa Ventania, a Montanha Mágica coberta com neve resplandecente, as pistas de gelo no declive das encostas e o Vale dos Unicórnios, com uma enorme árvore mágica.

– Uau! Aquele é o seu palácio, rei Felício? – perguntou Jasmine, apontando para um castelo de contos de fadas aconchegado entre duas colinas.

Um fosso profundo de cor azul-safira abraçava as muralhas da propriedade do rei, e os tijolinhos rosa-coral do palácio cintilavam de um jeito mágico, como se fossem uma cobertura de cereja. Os telhados dourados das quatro torres altas do castelo eram pontilhados de rubis e brilhavam no sol resplandecente.

O rei Felício balançou a cabeça.

– Lar, doce lar.

Os cisnes aterrissaram em segurança na frente dos portões do palácio, e Ellie ficou feliz por descer em terra firme. Ela foi seguida por Summer e Jasmine.

O Palácio Encantado

Trixi voou até elas.

— Vocês gostaram, meninas?

— O reino é lindo — Ellie respondeu. — Mas estou muito feliz de pisar no chão de novo!

— Você deve estar brincando, Ellie! — exclamou Jasmine com um sorriso. — Eu achei a melhor coisa do mundo. Mal posso esperar para andar de cisne outra vez!

— E é só o começo! — disse o rei Felício com uma voz estrondosa. — Sigam-me.

Ele as levou até os portões, formados por barras douradas retorcidas no formato de um carvalho maravilhoso. Quando o rei abriu os portões, os galhos se encheram de flores, e uma fanfarra começou a tocar em volta deles.

— O rei está aqui! — Trixi anunciou quando entraram no lindo pátio.

Um grupo de simpáticos elfos, vestidos como mordomos, com longos casacos pretos e luvas brancas, virou e fez uma reverência. Depois, eles voltaram a pendurar cordões com bandeirinhas nas árvores.

Quando as três meninas olharam com mais atenção, viram que centenas de vaga-lumes brilhantes se agarravam aos cordões como se fossem luzinhas.

O Palácio Encantado

— Minha nossa — disse o rei, sem fôlego.
— Como ficaram bonitos os cordões com bandeirinhas e brilhos. Trixi, minha sugestão para os festões funcionou muito bem!

— Eu nunca duvidei da sua ideia, senhor — Trixi respondeu. Ela pairava acima do ombro de Ellie. — Só precisou de um pouco de mágica de fada para dar uma ajudinha — ela acrescentou com um sussurro.

Ellie deu risadinhas.

Enquanto o rei levava todos pelo pátio, eles passaram por uma grande fonte cercada por uma nuvem de bolhas com um perfume adocicado.

— Espere aí um minuto — disse Jasmine.
— Isso não é água, é?

Trixi sorriu.

— Não. É limonada!

— Uma fonte de limonada! — gritou Ellie, correndo de um lado e de outro, tentando pegar uma das bolhas cheirosas com a língua. Summer e Jasmine riram quando viram o que a amiga estava fazendo.

Atrás delas começou a soar o *pocotó--pocotó* de cascos. Quando se viraram, elas encontraram um pônei azul lindo que estava sendo conduzido por um mordomo elfo. O animal puxava uma carruagem cheia de pacotes embrulhados com papéis brilhantes.

– Meus presentes de aniversário!
– exclamou o rei Felício, todo empolgado.

Mas Summer não estava interessada nos presentes. Ela não conseguia desviar os olhos do pônei com crina verde-água.

– Ele é lindo – ela sorriu.

– E ele parece muito bonzinho – Ellie acrescentou, olhando nos olhos castanhos e meigos do pônei.

Sorridente, Trixi tocou seu anel de fada, e uma maçã vermelho-rosada apareceu na palma da mão de cada uma das garotas. Mas assim que elas começaram a dar as maçãs para o pônei comer, Jasmine sentiu um arrepio repentino subir pelo seu pescoço. Uma sombra escura cobriu o pátio do castelo.

– Ah, não! – gritou o rei Felício. Ele apontou para o céu.

Flutuando sobre o palácio estava uma enorme nuvem de tempestade. Em cima da nuvem cinzenta e feia, as meninas viram uma mulher alta e magra com uma coroa prateada pontuda e uma confusão de cabelos pretos e crespos.

— Ah, não — Trixi suspirou. — A rainha Malícia está aqui!

Jogos de festa

Jasmine, Ellie e Summer ficaram olhando para a rainha Malícia em cima da nuvem e sentiram o coração acelerar. Os relâmpagos estalavam em toda parte, fazendo as meninas estremecerem. Um trovão ribombou muito alto quando a nuvem parou em cima do palácio do rei Felício por tempo suficiente para uma pancada de chuva cair bem em cima dos presentes.

— Sua festa de aniversário está arruinada, irmão! — a rainha Malícia gritou para o rei Felício. — Espere e verá!

— O que você acha que ela fez? — Summer perguntou para as outras, mas nem Ellie nem Jasmine conseguiam imaginar.

A rainha Malícia deu uma gargalhada maléfica e a nuvem cinzenta saiu em disparada.

De repente, os presentes na carruagem começaram a tremer e fazer barulho. Ouviu-se um barulho de papel rasgando quando perninhas saíram de dentro do papel de presente. Então, os pacotes pularam da carruagem e começaram a fugir dali!

— Meus presentes! — lamentou o rei Felício.

Trixi bateu no anel. Apesar da névoa de glitter roxo que saiu da joia, nada aconteceu com os presentes.

Jogos de festa

— Minha magia de fada não é forte o bastante para desfazer os feitiços da rainha Malícia! – ela exclamou.

Sem pensar, Ellie mergulhou para a frente e pegou um dos presentes que escapavam. Assim que ela fez isso, as pernas desapareceram e o presente ficou normal e inofensivo nas mãos dela.

— Rápido – disse Jasmine. — Temos que capturar o resto!

O Palácio Encantado

Todos saíram pulando atrás dos presentes em fuga. Jasmine e Summer conseguiram encurralar três deles em um canto e pegá-los. Um correu por entre as pernas de um mordomo elfo de aparência assustada. Ellie, que estava correndo atrás do presente, não conseguiu parar a tempo e atropelou o elfo! O rei Felício capturou um pulando em cima dele, e depois olhou com tristeza para o presente, que agora estava achatado igual a um pastel.

– Pelo menos eu posso consertar isso – Trixi disse a ele, dando batidinhas no anel e recuperando o pacote num passe de mágica.

Algum tempo depois, todos os presentes tinham sido recuperados e voltado ao normal. As meninas os empilharam de novo na carruagem.

Trixi soprou o cabelo que caía na frente dos olhos.

– Eu queria que a gente encontrasse um jeito de parar a rainha Malícia de uma vez por todas – ela disse com firmeza.

Jogos de festa

— E seus ajudantes horríveis também, os Morceguinhos da Tempestade. A rainha tem todos os tipos de truques maléficos na manga, e a gente nunca sabe onde ela vai aparecer da próxima vez.

— Ela é uma valentona — disse o rei Felício. — E está determinada a arruinar meu aniversário. Tenho certeza de que aquele terrível relâmpago dela está escondido em algum lugar aqui, prontinho para causar encrenca.

Os olhos do rei estavam cheios de lágrimas.

— Essa vai ser a pior festa de todas… meus súditos vão ficar infelizes e não vão se divertir nem um pouco — disse ele.

— Sim, eles vão — disse Ellie, com os olhos brilhando. — Porque a gente vai encontrar o relâmpago e impedir que ele faça algum mal!

— Isso mesmo — Summer e Jasmine repetiram juntas e com a voz firme.

— E eu também vou ajudar — disse Trixi, flutuando até o rosto do rei e secando suas lágrimas.

— Obrigado, meninas — disse o rei Felício, mas sua voz saiu toda tremida.

— Bobbins! — Trixi chamou um dos mordomos elfos.

Jogos de festa

O elfo correu até ela e fez uma reverência profunda.

– O rei Felício precisa de uma xícara de chocolate quente com marshmallows extras – Trixi explicou. – E depois ele precisa se trocar e vestir as roupas de festa. Os convidados vão chegar daqui a duas horas!

Bobbins levou o rei para o palácio.

– Certo – Trixi tirou a poeira das mãos. – Vamos procurar aquele relâmpago! A gente deveria começar nos jardins do palácio, já que é onde os convidados vão se reunir mais tarde. Lembrem-se de ficar de olho na encrenca!

Ela ficou em pé sobre a folha e seguiu em frente, levando as meninas para fora do pátio e por um labirinto de caminhos que se viravam e se retorciam e pareciam mudar toda vez que elas piscavam. Summer, Ellie e Jasmine olhavam por todos os caminhos e debaixo de todas as sebes, mas não havia sinal do relâmpago em lugar nenhum.

Trixi as levou para fora do labirinto, além de uma linda lagoa onde um arco-íris levava para suas profundezas. Trixi explicou que o arco-íris era um escorregador mágico que poderia levar qualquer um para onde ele quisesse ir.

Por fim, as meninas entraram em um jardim cheio de árvores feitas de algodão-doce.

Jogos de festa

Havia cordões pendurados nas árvores, e um grupo de duendes domésticos estava ocupado colocando vários bolos em cima de uma mesa bem comprida.

– Estes aqui parecem incríveis – Ellie disse, apontando para um conjunto de bolinhos com cobertura cor-de-rosa.

– São bolos de fada – explicou Trixi.

– Oh, a gente tem desses lá em casa – disse Jasmine, soando um pouco decepcionada.

– Sério? – Trixi perguntou. – Do tipo mágico? Se vocês comerem um desses, vão conseguir voar por cinco minutos!

– Uau! – Jasmine exclamou. – Com certeza a gente não tem bolos de fada como esses! Podemos experimentar?

Trixi fez que sim.

– Mas só uma mordidinha, a gente não quer que a mágica dure tempo demais. Temos um relâmpago para encontrar!

O Palácio Encantado

Jasmine sorriu com entusiasmo e ofereceu os bolos para as amigas, mas Ellie fez não com a cabeça.

– Voar como uma fada? Não, obrigada, estou feliz de ter meus pés no chão!

Jasmine deu uma mordidinha no bolo. Depois de duvidar por um instante, Summer fez o mesmo. Na hora, um par de asas cintilantes brotou nas costas de cada uma das meninas.

Jasmine bateu as asas com cuidado e então subiu no ar. Summer logo estava ao seu lado e as duas saíram voando cada vez mais para o alto. O vento fazia o cabelo delas balançar quando elas davam cambalhotas, cheias de empolgação.

Jogos de festa

Trixi rodopiou no ar junto com elas, e depois veio aterrissar no ombro de Ellie.

– Não subam alto demais – ela gritou para Jasmine e Summer.

Na hora em que Trixi falou, Summer começou a balançar.

– Ai, minhas asas estão encolhendo! – ela gritou.

– Jasmine, cuidado! – berrou Ellie quando as asas de sua amiga desapareceram.

– Não se preocupe, Ellie – disse Trixi. Ela bateu no anel. De repente, Jasmine e Summer diminuíram a velocidade e aterrissaram devagar no chão.

– Ufa! – disse Jasmine, depois sorriu. – Foi muito divertido!

Trixi piscou para as meninas.

– Voar com folhas é muito mais seguro – ela deu um risinho.

Summer deu risada, mesmo que ainda estivesse sentindo as pernas bambas.

O Palácio Encantado

– Acho que você está certa!

Ellie apontou para uns biscoitos em forma de coração do outro lado da mesa.

– Como eles se chamam?

– Biscoitos infinitos – respondeu um duende doméstico com voz estridente.

Ele só chegava à altura dos joelhos de Ellie. Era coberto por pelos marrons macios e usava um chapéu verde engraçado.

– Podem comer o quanto quiserem e nunca vão ficar de barriga cheia. Você gostaria de provar?

– Sim, por favor! – Ellie pegou um biscoito e o colocou na boca. – Hum! Tem gosto de morango, chocolate e sorvete, tudo junto!

Trixi e as meninas continuaram a olhar em volta pelo terreno do palácio, procurando alguma pista do relâmpago da rainha Malícia, ou de problemas que ele pudesse estar causando, mas ainda não havia nem sinal dele. Algum tempo depois, as amigas chegaram

Jogos de festa

a um pomar onde os jogos de festa estavam sendo preparados.

Elas viram um grande barril cheio de água, onde sete anões estavam brincando de pegar maçãs douradas com a boca. Perto dali, duas fadinhas estavam ocupadas enrolando uma de suas amigas em papel cor-de-rosa cheio de brilho.

– O que elas estão fazendo? – perguntou Summer.

O Palácio Encantado

— Elas estão se preparando para jogar "Passe a fada", é claro! – disse Trixi. – É uma grande honra ser escolhida como a fada que vai ser passada.

Ellie sorriu ao ver um traquinas atrevido e cheio de pintas desenhando um unicórnio

Jogos de festa

em uma parede. Quando o desenho ficou completo, o unicórnio mexeu os cascos e balançou a cabeça majestosa.

— Deixe-me adivinhar — ela sorriu.

— Pregar o rabo no unicórnio?

Trixi fez que sim.

— E também temos "Dança dos tronos" e "Duende-cego". Depois, claro, temos "Estátua", mas, desta vez, eu fiz os gnomos prometerem que vão desfazer o feitiço de estátua nos convidados logo que a brincadeira terminar — Trixi sacudiu a cabeça. — Não tem a menor graça ficar estátua por tanto tempo. Eu detesto ficar parada!

Ellie e Jasmine deram risada, mas a testa de Summer se enrugou de preocupação.

— O que a gente vai fazer? A festa vai começar já, já, e ainda não encontramos o relâmpago.

O Palácio Encantado

– Só temos que continuar procurando – disse Trixi. – A gente sabe que está em algum lugar no palácio. A mágica horrorosa da Malícia vai se revelar logo, logo.

De repente, uma explosão barulhenta de risada cortou o ar.

– O que foi isso? – Ellie perguntou com urgência. – Foi a rainha Malícia?

Trixi enrugou a testinha.

– Não, não parecia a risada dela.

A louca gargalhada soou de novo.

– Está vindo dali – disse Summer, apontando para um portão de ferro com trepadeiras na parte de cima.

– Aquele é o Teatro Exterior, onde os artistas reais vão se apresentar para dar início às celebrações de aniversário do rei – explicou Trixi, voando em direção à entrada em arco.

Jogos de festa

— Vamos, a gente precisa descobrir o que está acontecendo!

Ellie, Summer e Jasmine correram para o arco e então pararam horrorizadas. Ali, espetado no chão ao lado da entrada, estava um preto e serrilhado relâmpago!

A surpresa horrorosa de Malícia

Enquanto Ellie, Summer e Jasmine olhavam fixo para o relâmpago horrível da rainha Malícia, outra risada alta veio de dentro do teatro.

– Temos que descobrir que problemas o relâmpago causou! – exclamou Ellie.

– Pelo menos alguém parece feliz… – Summer falou, esperançosa.

O Palácio Encantado

Elas cruzaram os portões. Fileiras de assentos de mármore levavam até um palco largo. Por todo lugar, os artistas estavam deitados e amontoados, com lágrimas escorrendo dos olhos.

— Ficamos com... um... hehehe... a-a-ataque de... risos — um duende irlandês conseguiu dizer num gritinho entre guinchados de riso. — E-e-e... não sabemos por quê!

O homenzinho se abraçava em volta do corpo dolorido.

— A apr-apresentação... hehehe... começa em meia hora e todo o nosso cenário foi coberto por tinta preta.

Trixi parecia irritada.

— Rainha Malícia — ela disse entre os dentes. — Ela está tentando arruinar o espetáculo.

A fada bateu no anel e cantarolou um encanto:

— Com essa mágica, eu quero pedir:
voltem ao normal e parem de rir!

A surpresa horrorosa de Malícia

Uma cascata de brilhos roxos se espalhou no ar e pousou sobre os artistas. Mas eles ainda não conseguiam parar de rir.

— A mágica da Malícia é poderosa demais para mim. Vamos ter que cancelar a apresentação — Trixi balançou a cabeça em desespero. — Era para ser a grande abertura da festa. O palácio do rei Felício geralmente é cheio de riso, e a rainha Malícia transformou isso tudo numa coisa ruim. O rei Felício vai ficar de coração partido.

— Espere — falou Jasmine. — Não podemos deixar a rainha Malícia vencer. Talvez a mágica não seja a única forma de fazê-la parar.

— O que você quer dizer, Jasmine? — perguntou Summer.

— Nós quatro podemos fazer a apresentação — anunciou Jasmine.

O Palácio Encantado

Ellie concordou, e um sorriso se estendeu pelo seu rosto.

– Se você puder me conseguir tinta e pincéis, eu posso pintar um cenário novo – disse ela.

– E eu posso escrever uma canção para você apresentar, Jasmine – Summer se ofereceu.

Jasmine deu uma olhada nos artistas risonhos.

– Acho que a gente também vai precisar de uma dança. Posso inventar alguma coisa.

O rosto de Trixi floresceu de felicidade.

– E eu vou ajudar vocês de todas as formas que eu puder! Primeiro, tinta e pincéis! – Trixi deu batidinhas no anel e, no mesmo instante, vários pincéis e potes com cores vívidas apareceram.

Ellie se ajoelhou e os pegou.

– Perfeito!

Ela correu para o palco e passou por cima de um elfo que estava dando risada. Havia seis cenários no fundo do palco. Ellie sacudiu a cabeça com desgosto quando viu que todos haviam sido cobertos por grandes respingos de tinta preta.

Ellie fechou os olhos com força e tentou se lembrar de todos os lugares maravilhosos que tinha visto quando estava nas costas do cisne. Num piscar de olhos, ela pintou um novo cenário inteiro que mostrava as sereias vistas no lindo mar azul-esverdeado.

– Um já foi, faltam cinco – falou Ellie para si mesma, determinada.

O Palácio Encantado

Enquanto isso, Jasmine tinha começado a praticar uns passos de dança sofisticados. Seu rosto se mostrava sério enquanto ela se concentrava para aperfeiçoar os passos.

Summer mastigava a ponta de um lápis e tentava pensar na letra de uma nova música. Ela olhou para o céu na esperança de que as palavras fossem pular dentro de sua cabeça. Seus olhos se arregalaram. Mesmo que fosse dia e que o sol estivesse brilhando, ela também conseguia ver estrelas cadentes e a lua brilhando forte no céu. Ela piscou quando viu um rosto aparecer na face branca da lua lá no alto e piscar para ela. Summer sorriu e começou a

rabiscar alguma coisa ansiosamente. Ela sabia direitinho qual seria o refrão da música!

Trixi passou voando entre as meninas ajudando como podia. Finalmente, o cenário, a dança e a música estavam todos terminados.

– Já resolvemos a apresentação, mas e quanto aos pobres artistas? – perguntou Summer, que tinha bom coração.

Com um gesto de cabeça ela indicou os atores, os ajudantes de palco e os músicos, que ainda estavam deitados no chão e morrendo de rir.

– Pelo menos eles estão felizes! – Trixi sorriu quando um elfo deu um gritinho de riso. – Mas precisamos colocá-los nos bastidores, e rápido! Os convidados do rei vão chegar aqui a qualquer momento.

Ela deu um toque no anel e fez aparecer macas flutuantes, que levaram os artistas risonhos. Trixi e as meninas rapidamente os seguiram.

O Palácio Encantado

Das coxias do palco, elas observaram os convidados se sentarem em seus lugares. A plateia deu vivas quando o rei Felício chegou, vestindo seus mantos cerimoniais, que eram tão longos que quase o faziam tropeçar quando ele andava.

Trixi ia flutuando atrás dele, segurando a ponta dos mantos como a cauda de um vestido de noiva, enquanto ele caminhava até o trono parecendo muito empolgado.

Trixi deu batidinhas no anel, e dois holofotes ganharam vida.

— Está na hora do espetáculo! — disse ela.

Jasmine respirou fundo e foi andando até o palco com passos firmes. Ela se sentiu mais corajosa quando viu os lindos cenários pintados por Ellie, com imagens de sereias, praias douradas cintilantes e montanhas cobertas de gelo no topo.

Das coxias, Summer e Ellie espiaram o público. Elas nunca tinham visto uma plateia como aquela. Do lado direito, havia dois unicórnios de verdade. Do lado esquerdo, um grupo de fadas com asas cintilantes e cheias de brilho sussurravam com entusiasmo.

Na primeira fileira estavam os duendes mais novos, os elfos, os anões e os traquinas.

No palco, Jasmine não teve muito tempo para ver tudo. Ela precisava começar o espetáculo.

– Obrigada por virem de toda parte do Reino Secreto – Jasmine falou em voz alta para o público. – Bem-vindos à abertura da festa de aniversário do rei Felício!

Ela abriu bem os braços como já tinha visto os apresentadores fazerem na televisão. A plateia deu gritinhos de aprovação. Ouviam-se sussurros vindos da plateia.

Trixi sorriu para Summer e Ellie.

– A multidão está adorando a Jasmine! Acho que eles nunca viram uma menina humana antes.

O Palácio Encantado

— Temos um espetáculo e tanto para vocês esta noite — Jasmine continuou. — Mas, primeiro, vou contar uma coisa que quase impediu a gente de dar a festa.

O rosto do rei Felício ficou pálido, mas Jasmine olhou para ele e deu uma piscadinha

A surpresa horrorosa de Malícia

para acalmá-lo. Rapidamente, ela explicou como a mágica da rainha Malícia tinha provocado um forte ataque de riso nos artistas e destruído o cenário.

– Eu e minhas amigas Summer, Ellie e Trixi montamos um novo espetáculo para vocês! – Jasmine disse com um floreio. – Não vamos deixar que a rainha Malícia estrague o aniversário do rei, não é mesmo?

– NÃÃÃO! – gritou a plateia.

– É isso aí! – disse Jasmine, sorrindo para a multidão. – Temos uma canção muito especial para o rei, mas antes que eu comece, acho que preciso de cantoras para fazer a segunda voz. Summer e Ellie, vocês podem me ajudar, por favor?

Summer sentiu as bochechas esquentarem. Na mesma hora ela ergueu as mãos para torcer as tranças.

– Não vou conseguir me apresentar na frente de toda essa gente – ela sussurrou.

– Sim, você consegue – Ellie encorajou a amiga. – Vamos!

Ela arrastou Summer para o palco, e Trixi fez aparecer microfones para as duas.

Jasmine sorriu para as amigas.

– Trixi? Manda bala!

Trixi deu uma batidinha no anel, e vários instrumentos vieram flutuando juntos das laterais do palco e começaram a tocar uma melodia alegre. Com mais uma explosão de glitter do anel de Trixi, outro microfone brilhante surgiu no ar e Jasmine o pegou.

As três meninas começaram a cantar a música de Summer. Era toda sobre o Reino Secreto e os lugares que o rei mais amava. A plateia achou incrível e logo começou a acompanhar o refrão:

A surpresa horrorosa de Malícia

— *O Reino Secreto é mágico e surpreendente,*
até mesmo a lua é sorridente.
A festa do rei vai ser de arrasar,
a maldade de Malícia vai acabar.

Enquanto os instrumentos continuavam tocando, Jasmine passou o microfone para Ellie e começou os passinhos de dança. Seus cabelos negros iam sacudindo ao seu redor conforme ela saltitava pelo palco.

O Palácio Encantado

A multidão aplaudiu bastante.

Ellie deu um enorme sorriso para Summer.

– Conseguimos. A gente impediu que a rainha Malícia arruinasse a festa e...

SPLAT!

Ellie foi interrompida por alguma coisa que acertou o cenário.

Ela e Summer olharam para cima. Seis criaturas esquisitas com cabelo espetado, asas que pareciam de morcego e uma cara muito feia haviam descido para o teatro ao ar livre, voando em pequenas nuvens negras. Os olhos delas brilhavam de travessura, e tinham a boca retorcida numa careta maldosa.

Jasmine não os tinha visto ainda porque estava ocupada

A surpresa horrorosa de Malícia

demais com a dança. Mas Summer percebeu que eles traziam nas mãos pingos de chuva grandes e gordos, e começaram a jogá-los no palco!

– Trixi! – Summer sussurrou com urgência, chamando a fadinha, que estava voando ali perto. – Quem são eles?

– Ah, não! – Trixi ficou boquiaberta. – Aqueles são os Morceguinhos da Tempestade, os criados da rainha Malícia – a fada parecia preocupada. – E se formos atingidas por um daqueles pingos de infelicidade, vamos ficar tristes e malvadas como ela.

– Temos que pará-los! – Ellie gritou.

Summer concordou com a cabeça e olhou para Jasmine. Um pingo de infelicidade vinha zunindo na direção dela!

Abaixando-se e desviando

— Jasmine! — gritou Summer. — Abaixe!

Mal Jasmine ouviu o alerta, mergulhou para o chão. Bem na hora, o pingo de infelicidade passou de raspão pela sua cabeça, errando por alguns centímetros. Em seguida, ela se pôs em pé com um salto e fez um sapateado no lugar, tentando fazer a apresentação continuar.

— Aqueles são os Morceguinhos da Tempestade da rainha Malícia! — Ellie gritou para ela, apontando para o céu, em direção às criaturas que estavam pairando no ar.

Trixi voou até Jasmine.

— Temos que sair do palco. Se a gente for atingida por algum daqueles pingos de infelicidade, vai ser bem chato.

Jasmine continuou o sapateado.

— Não podemos parar — disse ela. — Não podemos deixar que eles arruínem tudo!

Do palco, Ellie e Summer viram o rei Felício cair do trono quando se abaixou para se desviar de um dos pingos de infelicidade lançado pelos Morceguinhos da Tempestade.

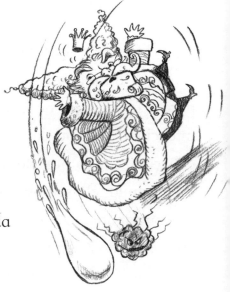

Abaixando-se e desviando

Os pingos agora estavam caindo em cima da plateia e fazendo pequenas nuvens negras respingarem na cabeça de todo mundo. Logo, os unicórnios, as fadinhas e os elfos pareciam todos infelizes.

No palco, Jasmine começou a dançar mais depressa.

– Ei, Morceguinhos! – ela chamou.
– Aposto que vocês não me pegam!

Os seis Morceguinhos da Tempestade estreitaram os olhos e saíram voando na direção dela.

– Vamos deixar você ensopada! – disse um deles com zombaria. *Splish, splash, splosh!* Ele lançou um pingo de infelicidade em Jasmine, mas ela pulou e saiu do caminho.

– Ei, cuidado! – gritou outro Morceguinho.
– Você quase me acertou.

Os dois Morceguinhos começaram a brigar.

– Já sei! – Jasmine disse para si mesma.
– Se a gente conseguir fazer com que os

Morceguinhos joguem os pingos uns nos outros, podemos fazer a mágica se voltar contra eles mesmos!

— Jasmine, anda logo! — Summer chamou quando ela e Ellie se esquivaram e se abaixaram para evitar os pingos de infelicidade que caíam espirrando ao redor delas. — Se abaixe!

Mas Jasmine ficou absolutamente parada.

— Jasmine, o que você está fazendo? — gritou Ellie.

— Rápido, fiquem aqui do meu lado e esperem pelo meu grito — disse Jasmine.

Do seu lado esquerdo ela viu três Morceguinhos de Tempestade zunindo e voando na direção dela, em cima das nuvens negras, segurando os pingos de infelicidade prontos para serem lançados. Outros três vinham pela direita. Ellie e Summer correram para ficar ao lado da amiga.

— Eles vão acertar a gente! — Ellie gritou.

Abaixando-se e desviando

– Um... dois... três... ABAIXEM! – Jasmine gritou.

As três meninas se abaixaram no chão bem na hora em que todos os Morceguinhos jogaram os pingos de infelicidade. Ouviu-se um enorme SPLASH, e uma série de gemidos altos. Todos os seis Morceguinhos haviam sido atingidos e estavam ensopados! Pequenas nuvens negras de tempestade apareceram na cabeça de cada Morceguinho.

— Ai! — choramingou um Morceguinho. — Estou todo molhado e gelado! Entrou água até no meu nariz. Olhem, eu consigo soprar bolhas.

— Eu também — disse o Morceguinho ao lado do primeiro, deixando todos os seus pingos caírem no chão e se sentando, emburrado, sobre a nuvem.

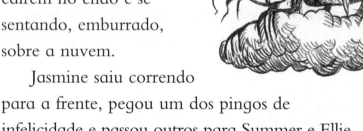

Jasmine saiu correndo para a frente, pegou um dos pingos de infelicidade e passou outros para Summer e Ellie.

— Toma isso! — ela gritou quando as meninas começaram a jogar pingos de infelicidade nos Morceguinhos da Tempestade.

— Argh! — berrou um Morceguinho. — Isso é horrível. Vamos sair daqui!

As nuvens negras das criaturinhas subiram para o céu e se perderam de vista rapidamente.

Abaixando-se e desviando

– É isso aí, meninas! – Jasmine comemorou.
– Conseguimos!

Ellie pulou no lugar, feliz da vida.

Summer, porém, estava olhando para o pingo de tempestade que tinha nas mãos. Ela estava com certo brilho nos olhos.

– Tenho uma ideia – sussurrou. – Talvez os pingos de infelicidade possam curar o ataque de riso dos artistas.

– Vamos perguntar para a Trixi – Jasmine sugeriu, chamando a fadinha com um aceno de mão.

Ela estava ajudando o rei Felício, que tinha sido atingido por um pingo de infelicidade e estava sentado numa poça d'água, melancólico, com uma nuvem negra em cima da cabeça.

– Ele está tão triste! – Trixi suspirou enquanto voava até as meninas.

Summer rapidamente explicou seu plano, e os olhos de Trixi cintilaram.

– Boa ideia, Summer!

Summer levantou o pingo reluzente, e Trixi apontou para ele. Seu anel de fada brilhou quando ela cantarolou:

— *Vá até os artistas, pingo de infelicidade,*
e faça o riso bobo parar de verdade!

O pingo desapareceu. Dentro do teatro ouviu-se um estalo alto de alguma coisa se quebrando.

— O que foi esse barulho? — Summer perguntou, puxando as duas amigas para ajudá-las a se levantar.

— Acho que eu sei — disse Trixi.

Ela disparou pelos portões do teatro e reapareceu com uma massa de estilhaços pretos e feios voando atrás dela em uma nuvem de poeira.

— São do relâmpago da rainha Malícia — ela explicou.

— Eca! — disse Summer, dando uma olhada nos estilhaços. — Mesmo agora, continua com uma aparência horrível. Mas o que aconteceu com ele?

Abaixando-se e desviando

— Quando vocês ajudaram os músicos e impediram que a rainha Malícia arruinasse o espetáculo, o feitiço dela se quebrou — explicou Trixi. — E o relâmpago deve ter se estilhaçado.

Trixi tocou o anel, e os estilhaços desapareceram em uma nuvem de fumaça.

Ouviu-se um guinchado raivoso e, de repente, uma nuvem de tempestade surgiu no alto com uma figura conhecida no topo. Era a rainha Malícia, sacudindo o punho ossudo.

— Vocês, meninas humanas, podem ter quebrado meu primeiro relâmpago — ela disse com uma voz estridente —, mas da próxima vez não vão ter tanta sorte. Meu próximo relâmpago está tão bem escondido que vocês nunca vão encontrá-lo!

Ela jogou a cabeça para trás e gargalhou ao se afastar depressa, voando em sua nuvem.

Trixi estremeceu.

– Não se preocupe, Trixi – Jasmine disse com a voz firme. – Não vamos deixar que ela transforme o Reino Secreto em ruínas.

As outras concordaram balançando a cabeça.

– Oh, olhem só! – Summer sorriu. – Os artistas... todos eles pararam de rir.

Todos se viraram para observar os artistas reais subindo no palco. Eles estavam sacudindo a cabeça como se estivessem acordando de um pesadelo.

Na plateia, as nuvens de chuva haviam desaparecido de cima da cabeça do rei Felício e do resto dos convidados, e eles pareciam felizes novamente.

– Agora que o relâmpago se quebrou, toda a mágica má da rainha Malícia foi desfeita! – Trixi disse alegremente.

Abaixando-se e desviando

— Ótimo — Jasmine disse com um sorriso.
— Agora que tudo voltou ao normal, podemos fazer um grande final para o espetáculo!

Ela se virou para o público e falou:

— Desculpem a interrupção, pessoal. Acho que todos nós temos que cantar essa música juntos. Prontos?

A multidão aplaudiu. Jasmine sussurrou alguma coisa para Trixi, e a fadinha bateu no anel. Imediatamente os instrumentos entraram tocando uma melodia conhecida, e toda a plateia cantou "Parabéns a você" para o rei Felício. O rosto dele se abriu num sorriso, e lágrimas de alegria rolaram por suas faces gorduchas.

Quando o espetáculo chegou ao fim, o rei Felício foi aos bastidores para parabenizar Summer, Jasmine e Ellie.

— Se não fosse por elas, nós nunca teríamos destruído o relâmpago da rainha Malícia
— disse Trixi.

O rei sorriu.

– A Caixa Mágica foi mesmo muito sábia quando nos levou até as meninas. Summer, Jasmine e Ellie, vocês continuarão a ser amigas do Reino Secreto e nos ajudarão a impedir que minha irmã cause mais problemas?

– Sem a menor dúvida – disse Jasmine.

– Mal posso esperar para voltar – Ellie acrescentou, sorrindo.

– Estaremos aqui sempre que você precisar da gente – completou Summer.

O rei concordou balançando a cabeça.

– Mas vocês precisam prometer que vão manter o Reino Secreto em segredo.

– A gente promete – Jasmine jurou.

O rei Felício balançou a cabeça para Trixi. Ela sorriu e deu batidinhas no anel de fada.

De repente, do nada, três lindas tiaras apareceram no ar acima das meninas! Cada uma estava cercada por um brilho cintilante. A de Summer tinha um tom delicado de ouro rosado, com lindas pedras preciosas em formato de coração. A de Ellie tinha curvas elegantes e uma pedra verde em formato de diamante no centro. A de Jasmine era de ouro cintilante com voltas muito detalhadas e lindas opalas que pareciam reluzir com todas as cores do arco-íris.

O Palácio Encantado

As meninas ficaram boquiabertas quando as tiaras foram colocadas cuidadosamente sobre suas cabeças. Serviam direitinho!

O rei Felício sorriu.

— Estas tiaras vão aparecer sempre que vocês estiverem aqui, e vão mostrar a todo mundo que vocês são AMIs do Reino Secreto, a serviço em assuntos reais muito importantes.

— AMIs? — Jasmine se perguntou em voz alta.

— Amigas Muito Importantes — Trixi sussurrou.

— Nossa! — disse Ellie, tirando a tiara para olhá-la. — É a coisa mais linda que eu já vi!

Jasmine e Summer deram sorrisos largos quando viram as tiaras das outras.

— Muito, muito obrigada, rei Felício!

Trixi sorriu para as meninas e deu uma pequena pirueta de prazer.

Abaixando-se e desviando

— Estou tão contente que vocês vão vir nos visitar de novo — disse ela. — Estarei aqui para guiar vocês em todos os passos do caminho. E isso aqui também vai ajudar.

Trixi apontou o anel para as lindas imagens do Reino Secreto pintadas por Ellie para servir como cenário do espetáculo. Enquanto as meninas observavam, as imagens voaram no ar e explodiram em um conjunto de centelhas. Em seguida, enquanto elas caíam, as imagens se uniram e foram ficando menores e menores, até pousarem nas mãos de Summer.

— É um mapa do Reino Secreto! — Summer exclamou.

Mas quando as meninas olharam para ele com atenção, perceberam que não era um mapa comum. Estava se mexendo! O mar em volta da ilha tinha ondas azuis que quebravam na praia. As árvores das florestas balançavam na brisa, e os prados de girassóis brilhavam.

— Existem mais cinco terríveis relâmpagos da rainha Malícia em algum lugar no reino, só esperando para causar problemas — Trixi continuou. — A Caixa Mágica vai dizer a vocês quando tiver localizado mais um, e o mapa vai ajudá-las a descobrir onde ele está.

As meninas balançaram a cabeça para mostrar que entendiam.

— Vamos voltar sempre que vocês precisarem de nós — Summer prometeu.

— Adeus, meninas — disse Trixi, voando para beijar cada uma delas na pontinha do nariz. — Vejo vocês logo, logo!

Com um toque no anel, a fada produziu um redemoinho que levantou as meninas no ar, cada vez mais alto. Depois, com um clarão forte, elas se viram pousando delicadamente de volta no quarto de Summer.

Abaixando-se e desviando

Jasmine olhou para a Caixa Mágica, que ainda estava sobre o tapete branco e peludo, exatamente onde elas a haviam deixado.

– Aquilo tudo aconteceu mesmo ou eu estava tendo um sonho esquisito? – ela perguntou e levantou a mão para procurar a tiara na cabeça, mas tinha desaparecido.

– Aconteceu de verdade – Summer sussurrou sem fôlego. – Olhem! – Ela estava segurando o mapa do reino.

– Onde a gente vai guardá-lo? – Ellie perguntou. – Vai ter que ser algum lugar secreto. Vocês ouviram o que o rei Felício disse: ninguém pode ficar sabendo sobre o Reino Secreto, a não ser nós três.

Enquanto ela falava, o espelho da Caixa Mágica se iluminou. Então, para o espanto das meninas, a caixa se abriu devagar, revelando seis pequenos compartimentos de madeira, todos de tamanhos diferentes! Uma cascata de luz fulgurava no centro da caixa.

– É o lugar perfeito para guardar nosso presente! – exclamou Summer.

Com cuidado, Ellie colocou o mapa dobrado em um dos espaços. Coube perfeitamente! Assim que o mapa estava no lugar, a tampa da caixa se fechou de novo.

Abaixando-se e desviando

– Eu queria saber quando a Caixa Mágica vai nos dizer que é hora da nossa próxima aventura – disse Jasmine

– Espero que seja logo – falou Summer, cruzando os dedos.

Ellie olhou para a tampa espelhada da Caixa Mágica e, por um momento, achou ter visto o rosto bondoso do rei Felício sorrindo para ela.

– O Reino Secreto precisa de nós – ela disse baixinho. – Tenho uma sensação de que a gente vai voltar logo, logo.

Na próxima aventura no Reino Secreto,
Ellie, Summer e Jasmine vão visitar

O Vale
dos Unicórnios

Leia um trecho…

Uma nova aventura

— Prontinho! — disse Ellie Macdonald, dando um passo atrás para admirar os lindos biscoitos colocados na assadeira.

Era uma tarde chuvosa de domingo, e suas melhores amigas, Summer Hammond e Jasmine Smith, tinham vindo para fazer biscoitos. Summer fez os seus em formato de coração, enquanto Jasmine fez coroas. A artística Ellie criou fadas de biscoitos com lindas asas.

— Precisa assar por quanto tempo? — perguntou Summer, torcendo uma de suas tranças loiras de um jeito pensativo. — Não quero que fiquem queimados!

— Quinze minutos — disse Ellie, consultando o livro de receitas.

— Quinze minutos! — Jasmine disse fazendo drama, desabando na cadeira e jogando a cabeleira negra e brilhante no rosto. — Mas eu estou morrendo de fome!

— Vai passar rapidinho — Ellie respondeu com uma risada. — Vou programar o cronômetro.

Com um salto, ela saiu de perto da mesa onde estavam trabalhando, e tropeçou quando bateu o pé na perna da cadeira.

— Oops — disse ela, quando a cadeira caiu no chão.

A Sra. Macdonald veio ver o que era aquele barulho.

– Não se preocupem, meninas – disse ela, admirando os biscoitos. – Eu vou colocar isso no forno e chamo vocês quando estiverem prontos. Tenho certeza de que ficarão deliciosos. E vocês fizeram formatos lindinhos! Coroas, corações e até mesmo fadas. Quanta imaginação!

Enquanto a Sra. Macdonald estava colocando os biscoitos no forno, as três amigas trocaram um sorriso. Claro que a mãe de Ellie achava que elas tinham muita imaginação, afinal, ela não tinha visto o Reino Secreto, a terra mágica onde, apenas alguns dias antes, as meninas tinham conhecido um rei de verdade usando uma coroa de verdade, tinham visto fadas e comido biscoitos infinitos mágicos em formato de coração na festa de aniversário do rei Felício!

– Vamos subir enquanto os biscoitos estão assando – Jasmine sugeriu.

Enquanto as meninas subiam para o quarto de Ellie, Jasmine sussurrou:

– Vamos dar uma olhada na Caixa Mágica, só para garantir. Você trouxe a caixa, né, Summer?

– Claro que sim – Summer respondeu com um sorriso.

O quarto de Ellie era longo e claro, com seus livros de arte e ferramentas espalhados por uma grande escrivaninha, e as pinturas coloridas que ela havia feito estavam penduradas nas paredes lilás.

As meninas se acomodaram perto da janela, onde Ellie fazia suas pinturas. Summer tirou cuidadosamente a Caixa Mágica de dentro da bolsa e passou-a para Jasmine, que ficou olhando ansiosa para a tampa espelhada.

A caixa estava tão linda quanto antes, quando a tinham encontrado. As laterais de madeira tinham entalhes detalhados de criaturas mágicas, e a tampa curvada tinha um espelho cercado por seis pedras verdes cintilantes.

– Tivemos tanta sorte de ter encontrado isso no bazar da escola – disse Summer com um sorriso.

– A gente não encontrou, foi ela que encontrou a gente! – Jasmine lembrou-lhe.

– A Caixa Mágica sabia que éramos as únicas que podiam ajudar o Reino Secreto.

O Reino Secreto era um lugar incrível, onde muitas criaturas mágicas viviam. Só que existia um grande problema. Desde que os súditos tinham escolhido o rei Felício para governar, sua terrível irmã, Malícia, estava determinada a deixar todo mundo no reino tão infeliz quanto ela. A rainha havia espalhado seis relâmpagos horríveis por toda a terra, e cada um deles tinha um feitiço que causava muita confusão.

– Mas o reino ainda precisa da nossa ajuda – disse Ellie. – A gente impediu que o primeiro relâmpago da rainha Malícia arruinasse a festa de aniversário do rei Felício, mas até agora só encontramos um dos relâmpagos que ela escondeu. Trixibelle disse que eram seis.

– Eu espero que a gente possa ver a Trixi de novo logo, logo – respondeu Summer. – Foi maravilhoso conhecer uma fadinha de verdade.

– Bom, não parece que a gente vai ver
a Trixi hoje – disse Jasmine tristemente,
colocando a Caixa Mágica no chão e deitando
de costas no tapete de Ellie.
– O espelho está vazio.

– Não, não está! – exclamou Ellie,
pegando a caixa e se inclinando em cima dela.
– Olhem!

Leia

O Vale
dos Unicórnios

para descobrir o que acontece depois!

Família:
Ellie vive com seus pais e sua irmã mais nova, Molly.

Cores favoritas:
Verde e roxo.

Adora:
Pintura e desenho.

Lugar favorito no Reino Secreto:
O Recanto das Sereias. Ser uma sereia por um tempo foi a experiência mais incrível de todas!

Personalidade:
Extravagante e criativa. Muitas vezes, quando ninguém sabe o que fazer para resolver um problema, Ellie é quem encontra uma solução brilhante.

Quiz das personagens

Jasmine, Ellie e Summer são heroínas! Mas com qual delas você mais se parece? Faça o nosso quiz para descobrir.

Um pássaro bebê caiu do ninho! O que você faz?

A – Leva para casa e cuida dele. Você não aguenta ver um animal sofrendo.
B – Sobe de volta na árvore e o coloca no ninho.
C – Sai correndo para pedir ajuda. Você quer muito colocar o pássaro de volta no ninho, mas não é você que vai subir!

Todo mundo está se apresentando em um show de talentos! Qual seria o seu talento?

A – Até parece que você ia se apresentar na frente de pessoas. Você vai ajudar nos bastidores.
B – Cantar e dançar. Você quer ser a estrela do show!
C – Pintura.

Qual é a sua cor favorita?

A – Amarelo-sol.
B – Rosa-choque.
C – Roxo e verde.

Qual é o seu passatempo favorito?

A – Visitar a loja de animais para ver todos os animais fofinhos.
B – Ir à aula de dança.
C – Criar suas próprias roupas.

Que traços de personalidade melhor descrevem você?

A – Tímida e quieta.
B – Extrovertida e energética.
C – Engraçada e inteligente.

Mais letras A:
Você é a Summer!
É gentil, atenciosa e ama animais! Às vezes, você é um pouco mais quieta do que as suas amigas, mas adora ficar com elas e se divertir no Reino Secreto.

Mais letras B:
Você é a Jasmine!
É corajosa e enérgica. Você adora ser o centro das atenções, especialmente quando se trata de cantar e dançar.

Mais letras C:
Você é a Ellie!
É engraçada, inteligente e também é artística! Mesmo que tenha medo de altura, é corajosa o bastante para fazer as coisas que assustam você.

O Reino Secreto